いのちのほとり

不完全でも弱いまま生きてゆくあなたへ

文・絵　咲セリ

影がある。

それは、

光に照らされているから。

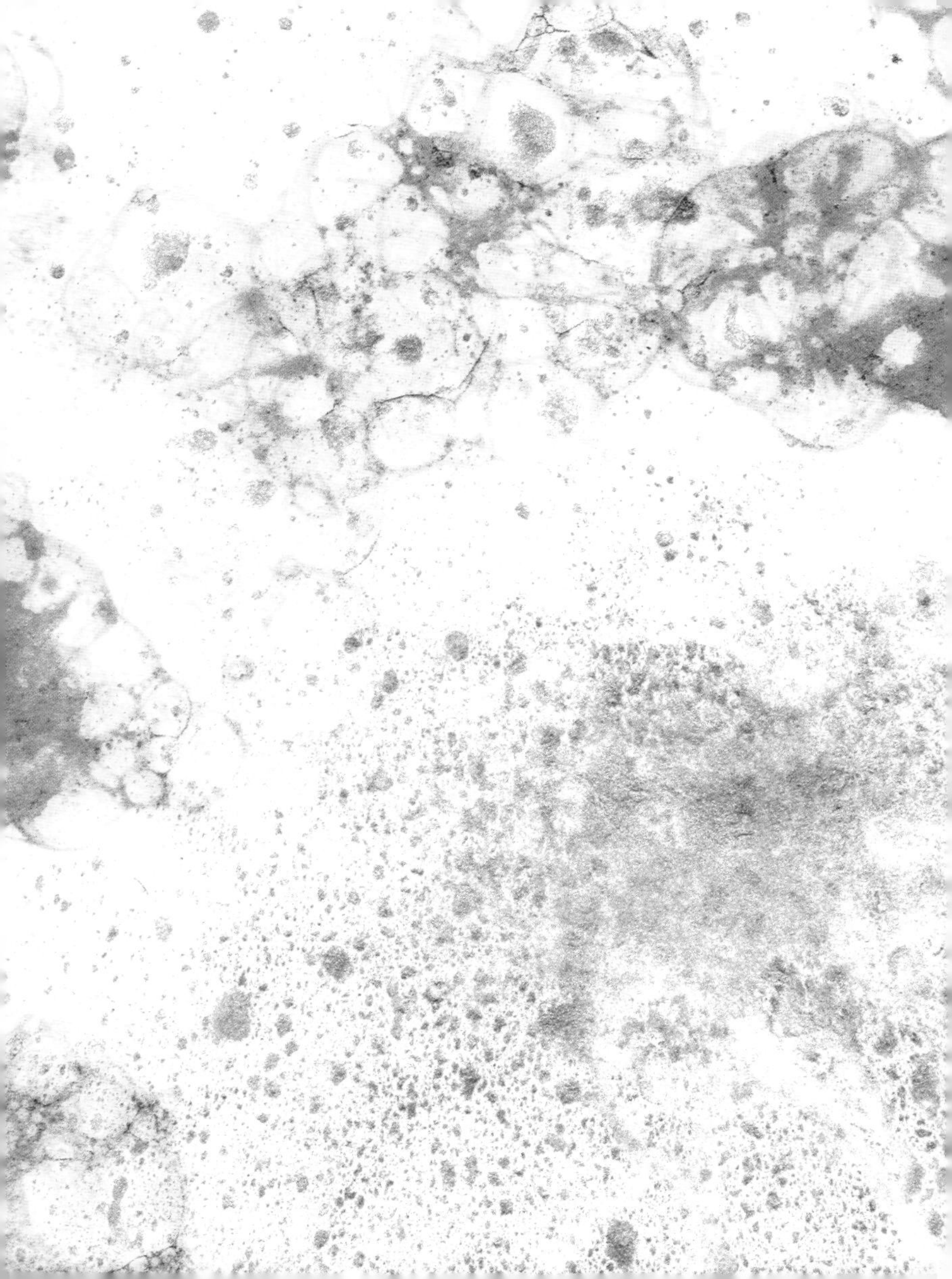

いのちのほとり

── なぜ生きるのか

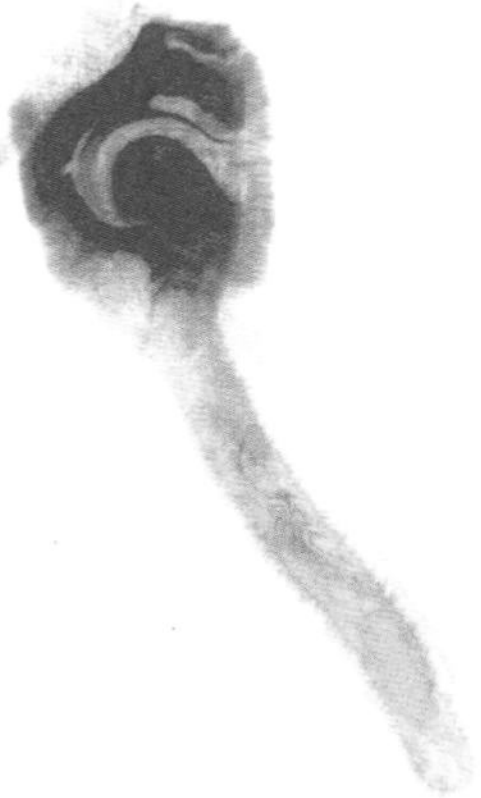

生きていて、いい――。

そのことばを聞きたいと願って、
もうどれくらい経つでしょう。

「あなた」と、「きみ」の、手のひらからこぼれてゆく、いまに。
口を結び、その身を抱き、
ずっと、ひとりきりでふるえていた、いままでに。

ぽろん。

あなたがこの世に生まれたとき。
そこは暗闇で。
唯一空いた小さな穴からは、うすべにのぬれそぼった花びらが、
地面にしがみついているのが見えました。

抱いてくれるはずのお母さんは、いませんでした。
二千を超えるきょうだいたちと、かたい壁に体をおしつけ、
我先にと穴から落ちようとします。
その乱暴ないたみに、幼いあなたは思いました。

どうして、生まれてきたんだろう——?

やがてうすべにはあとかたもなく散り、
あなたの体も大きくなり、
街の木々はひなびた遊具みたいに枯れ絶えました。

冬。
あなたは、その身に小枝を集め、まといます。
それは本能が出したからっぽの指示。
うわがきできない、ミノムシとしての決められた未来。
底に小さな穴のあいた暗闇でした。
風が吹くたび揺れるから、あなたは必死で糸を吐きました。
うんと強く。
うんと濃く。

世界のはじっこにつるされた、あなたは拙いゆりかごでした。

ミノの中。
あなたの体には、目がついていませんでした。
羽も見当たりませんでした。
手足すらありませんでした。
動けない。
何ももたない。
あなたは、逃げ場のない思いをさまよわせます。

どうして、生きているんだろう――?

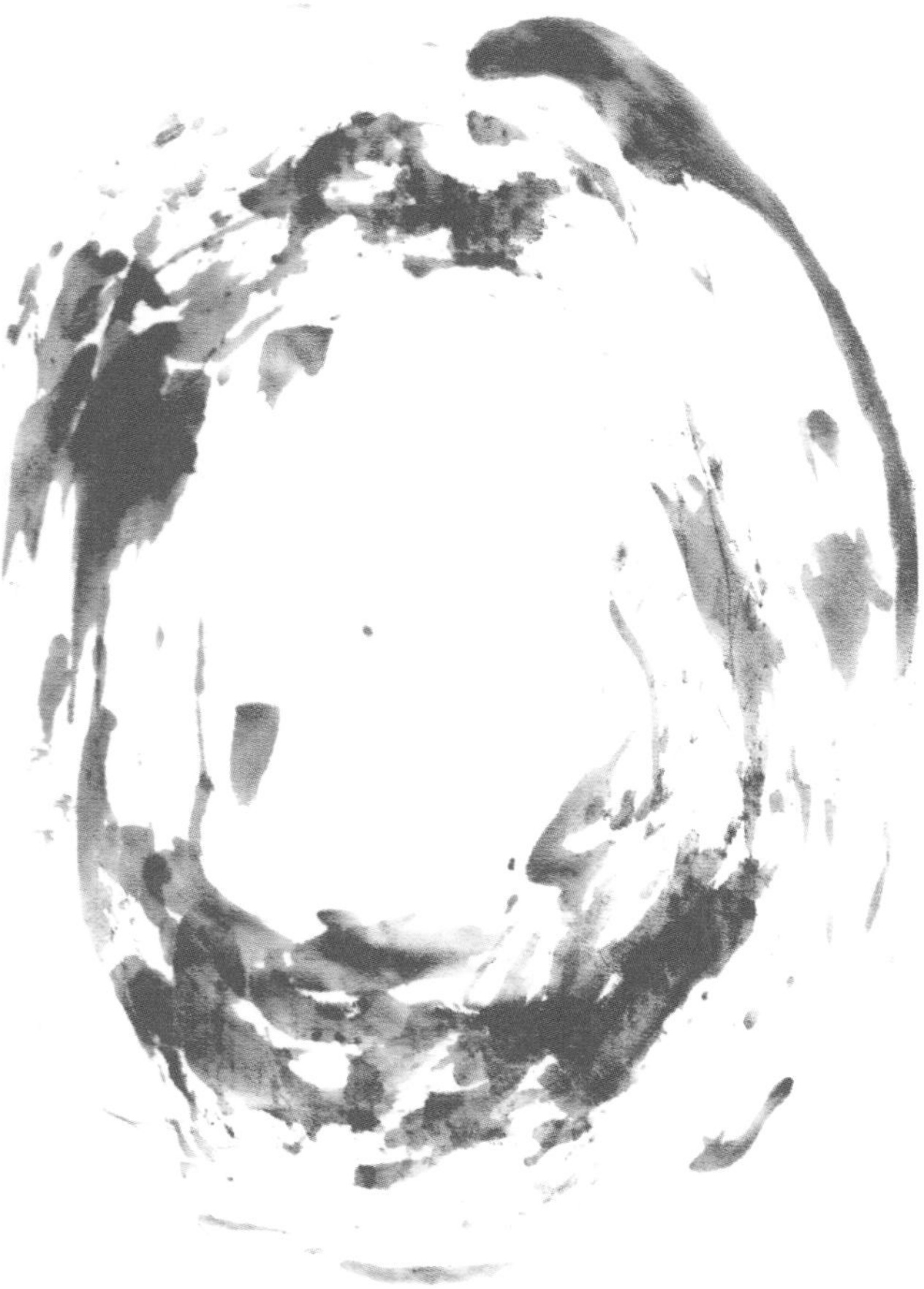

カラン。

空き缶を投げつけられる音がして、きみは目を覚ましました。
視界は真っ暗。
しゃがみこむお尻をあずけた地面は、
まとう服のとぼしいきみの肉体をごつごつと痛めつけます。
きみは、黒いビニール袋の中で、もぞもぞと肩を動かしました。
ビニール袋が、やむにやまれぬ不格好な踊りを舞います。
まるで助けを呼ぶように。
救いなんて、とうに求めることをやめたのに。
空気を吸うために自分で開けた無数の穴から、
オレンジ色の街灯が漏れいり、中は星空のようでした。

路上のわき。

すっぽりと頭からゴミ袋をかぶって、
きみはこの現実に腐りかけていました。

誰ひとりとして、そこにとどまりませんでした。
さながら、きみを悪目立ちする街路樹として扱いました。
きみは、自分をゴミと呼びました。
ゴミとしてしか、存在できないと思いこんでいたからです。
命の境界がおぼろげなきみは、時折、つぶやきました。

どうして、生きているんだろう——。

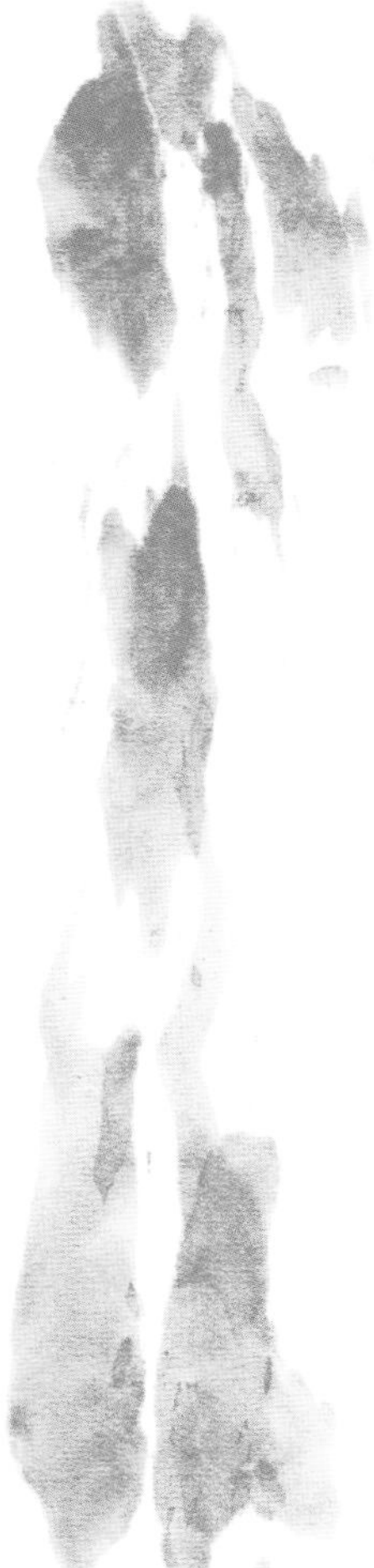

成長を遂げたあなたは、あるとき、
夢の中で行ったり来たりする生の気配を感じました。
気づくと、あなたのミノが揺れています。
そこにいたのは、オスのミノガでした。
あなたは、未熟な体で迫りくる存在を迎え入れます。
待ちくたびれて、ひどく皺のよったあなたの心が、
のぼせ、つっかえ、震えました。

直立するたての重み。体を横たえる薄い重み。
ミノガはあなたの中に命の種を吐きました。
冬の青空はあくまで疾走し、それすら目のないあなたには見えず。
内臓に届くのは、どこも瞑想的ではなく。

愛を知る以前に、放たれる生命のかけら。
そうしてミノガは、飛び立っていきました。
あなたにはない羽を広げて。

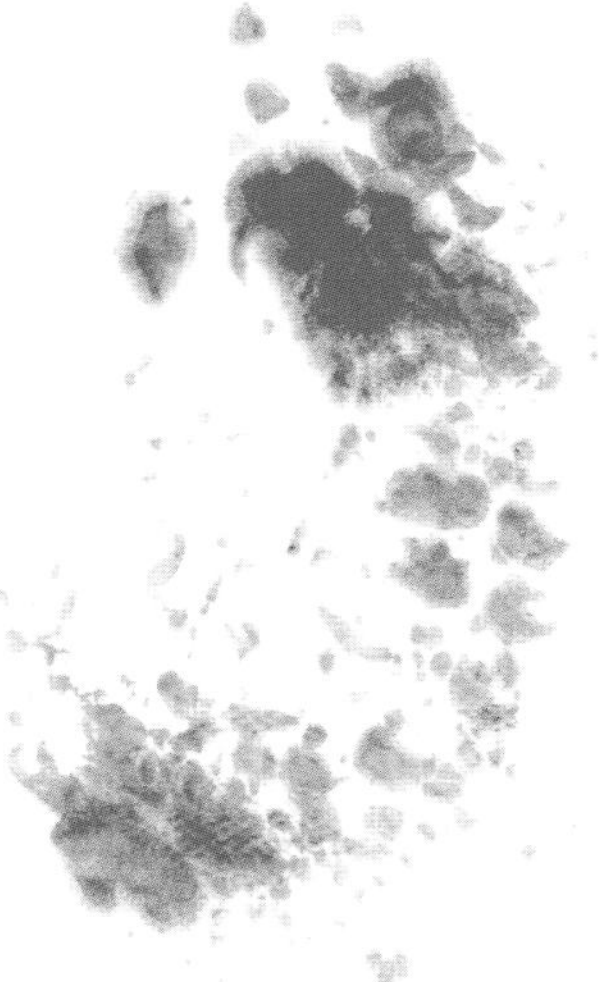

きみもそう。かつて悲しい放浪者でした。
子どもの頃は、けばけばしい蛾のようなお母さんに手を引かれ、
さまざまな街を渡り歩きました。
こわくても、お母さんの手は絶対でした。
賑やかな街もありました。
つっけんどんな街もありました。
大人びた街もありました。
街は、きみたちに旅行者だからこそ与える笑みをくれました。
その街に訪れた意味を。でたらめに教えてくれました。

生きている意味を。
それは、きみにとって宇宙でした。

お母さんはそのところどころで恋をして、ミノガのように恋をして、
疲れるたびに、結局その街を離れました。
きみはふるさとを持てませんでした。

きみを握っていた手は、少しずつ、
上下する回転木馬のように少しずつ、離れていき、
とうとう、お母さんはぱたりと姿を消しました。

きみはそれから、ひとりきりで街から街へとさまよい歩きました。
さみしい街がありました。
厳しい街も。
痛めつける街も。
そして、どの街でも、きみは「よそ者」でした。

帰りたい――。
そう思える街を探しているうちに、
どこまでも限りなくつながるような、この冷たいアスファルトだけが、
きみを裏切らない唯一の居場所になっていったのです。

ただ、捨て置かれた空き缶を拾い、山のように拾い、

ゴミ袋六つを引きずりながら歩いていく孤独。
毎晩、ミノに入るように黒いゴミ袋にくるまりながら、
きみは片手を噛みました。

どうして、生きているんだろう――。

あなたは二千を超える卵を産みました。
ミノの中は、平和な目隠しでいっぱいです。
心を殺す寂しさをひっこめて。

そのとき、ようやく世界を手にしたと、
あなたは生暖かい風に身を委ねます。
それでも、時折、穴ぼこがのぞきます。
いとしいものがごちゃまぜになって、
時間が夢のように流れて。

おとなになっても。母になっても。
なったからこそ、なお。

母よ、と、あなたは尋ねるのです。
どうして、この世に産んだんだろう――？
どうして、生きているんだろう――？

母よ、と、きみも、また尋ねます。
どうして、この世に産んだんだろう――？
手放すならば、いっそその子宮の中で、
最初に息を止めてほしかった――。

暗闇しかない一生の中で。
身もだえも出来ず。

あなたの生きる意味は、たかが命を残すこと？
生まれたからには、残すこと？
そんなお定まりの幸福という理由をつけて、
それだけで生きられるほど、一生はごまかせるものじゃない。

それならば、と、きみは問うでしょう。
きみのように命すら残せない存在が、生きているのは何のため？
つながれないこと。
それを不幸と言われる世界に身を置いて。
それでもとんちゃくしないほど、
人生はいじわるせずに過ぎ去ってはくれない。

「自分の命の意味に深入りする」

生まれたとき、そのことが、あなたも、きみも、
一番まぶしい願いだったのに。

世界の命は、あなたたちを無視し、音もなく溢れつづけ。
この闇に揺れながら、願いはそのままのかたちで、
醜くぶらさがっています。

色褪せながら。
半ばくずれかけながら。

やがて、卵は大きくなり、
あなたはどんどんひからびて縮んでいきました。
もうはじめの三分の一もありません。
自分が産んだ卵より、あなたのほうが小さくなっていきました。

底の穴が近づいて、うすべにの花びらの香がしました。
あなたの天空が、でたらめに地面に引きずられ……
ぽろん――。
あなたは、そこに落っこちます。

光を見ました。
それは、生きる意味を探したあなたが、死ぬときでした。

朝になり、きみはゴミ袋から、ぬうっと体を出しました。
ひじで体を支えた目の前。
まばゆいこもれびの中に、
ひとつのちっぽけなミノムシの死骸がありました。

空を仰ぐと、うすべにの花が、世界を発とうとしていました。
はらはらと、風が吹くたびに、叫び声が舞っていました。
ほんの一瞬、香を放ち、ひらりと地面に落ちます。

「あ、布団……」

ミノムシの死骸に、花びらがのりました。

きみはおもむろに重い腰をあげると、みすぼらしく泣きそべったふけ頭を指で掻き、その日の食糧を、それでも探しに出かけました。

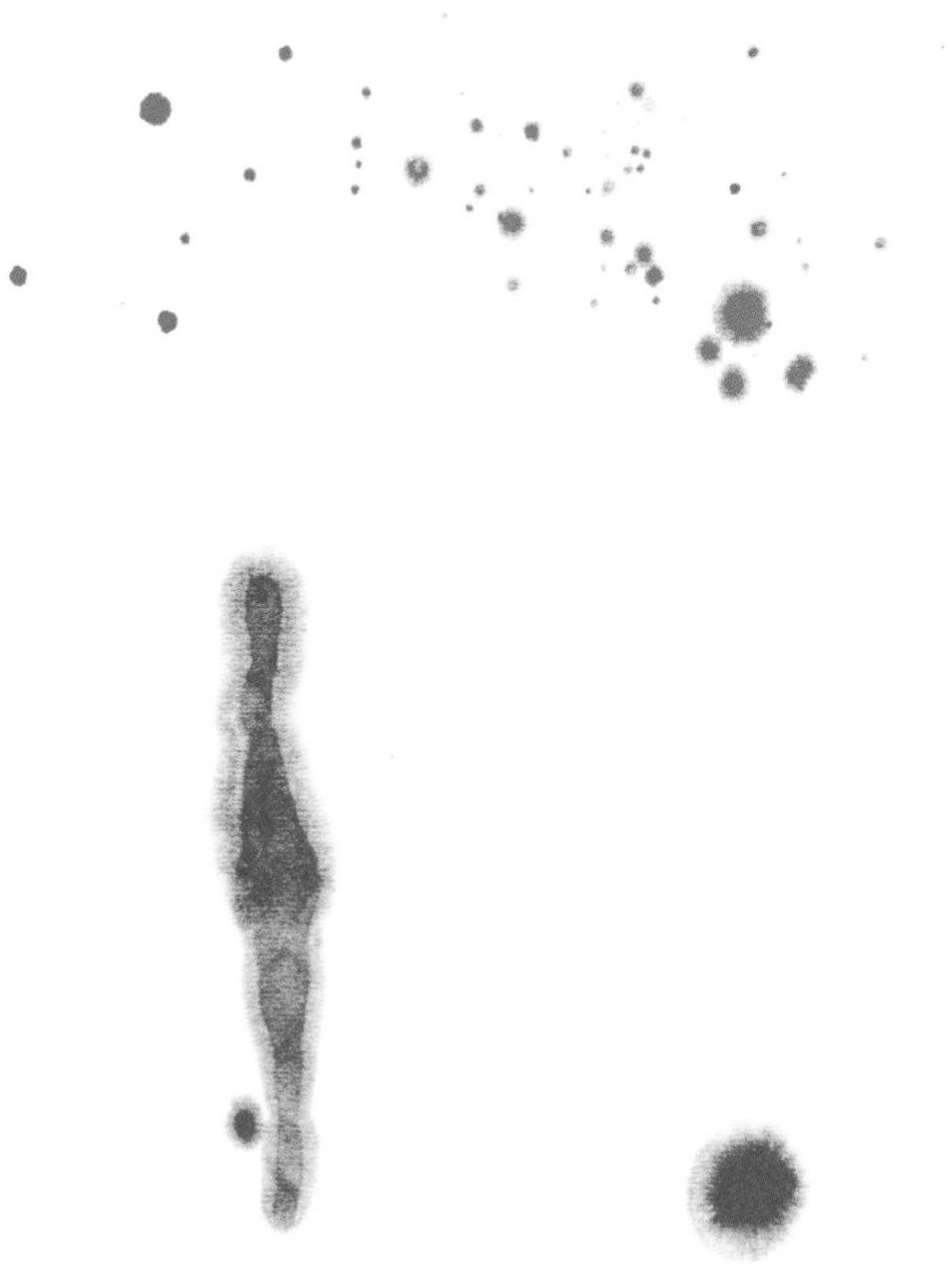

あわいのほとり

―― なぜ死ぬのか

くそばばあ。
へんくつじじい。

その人には、いっぱいの名前がありました。
枯れ枝のようなひからびた肉体は、この世界からどことなく遠く。
沈黙も、自分の後ろに伸びた影も、
見えないものが、その人のすべてでした。

その人は、田んぼのわきの道路で、夕空をぼうっと眺めていました。
沈みゆく夕焼けがあまりに大きく、美しくて、
吸い込まれるように立ち止まっていたのです。

日の光が、淡い雲のひとつひとつに飛び散って、広がって、
やがてしずくのようにしたたってきます。

今日が終わる――。
それは、その人の命が、終わりに向けて、
また一歩、進んだということでした。

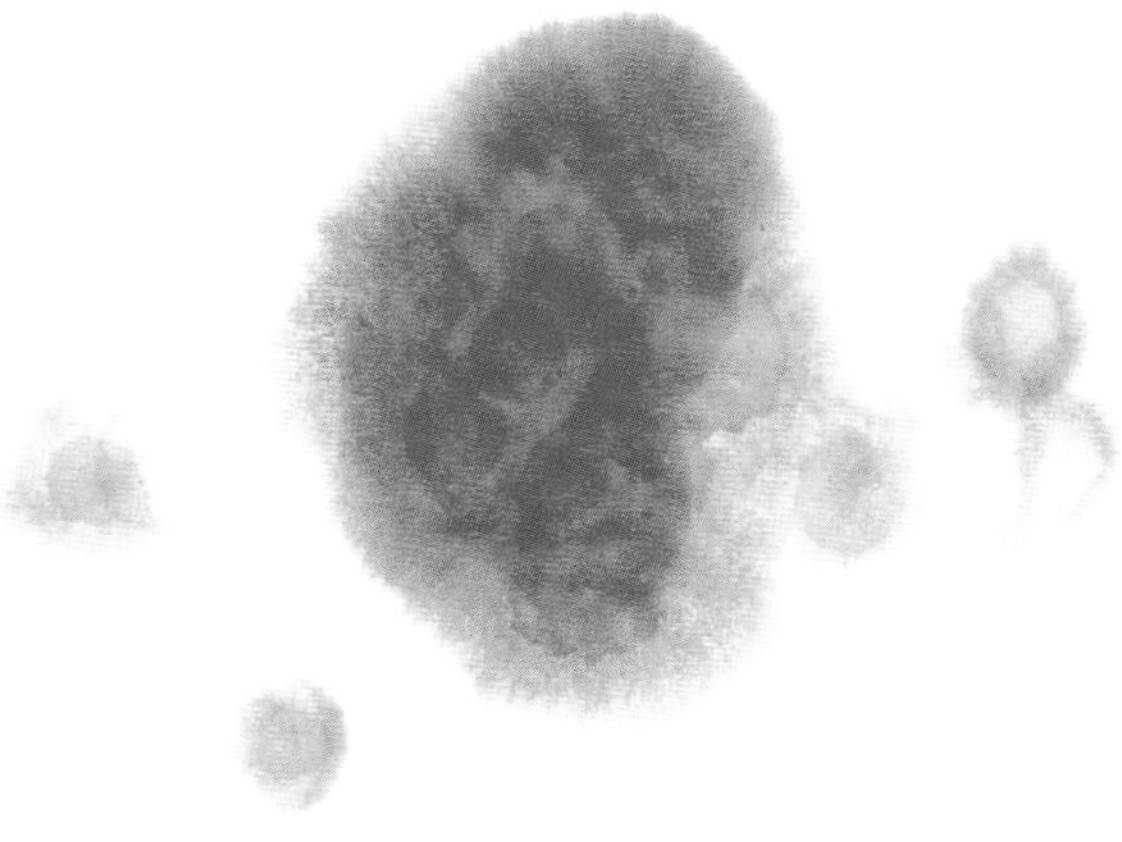

すると、そこに自転車に乗った中学生の群れが連れだって現れました。

危険を告げるベルの音がし、その人は、思わずどなりました。

「じゃまするな！」

杖代わりに持っていた傘が、宙を舞います。

中学生たちは悪態をついて去っていきます。


「うるせえ、ばばあ」

「ばーか、あれが、女なもんか」

もう、おじいさんなのか、おばあさんなのか分からなくなった姿で、
傘を振り払うと、その人は、懸命になって空を摑もうとします。

冷たい風がくるくると、心のへりをまわっていきました。

今日も、つまらぬ怒りをまき散らしてしまった。
その人は、家に帰りつき、
電気の紐を引っ張ると、こたつのスイッチを入れました。

その人は、独りでした。
幼い頃は、ほそぼそとでもいた友人たち。
どんなありえないことだって、みんな、遊びでできました。
遊びの中で、その人は何にだってなれました。
飛行機乗りにだって、学校の先生にだって、ブラックジャックにだって。
遊びをしていて難しいのは、遊びを終わらせること。
どんな楽しい時間も、絶対に終わりがくると言い聞かせること。
季節は老いゆく。ゆるやかに。

その人は、今、人生の終わりの季節にさしかかっていました。
それでも、日常は訪れます。

ある日、その人は、あさりを買って帰ってきました。
朝採りと書かれたあさりでした。
溢れんばかりのあさりを手に、翌朝のお味噌汁にしようと、
台所のたらいにどっさりさり入れました。
塩水に浸し、
砂が抜けるのを待つことにしたのです。

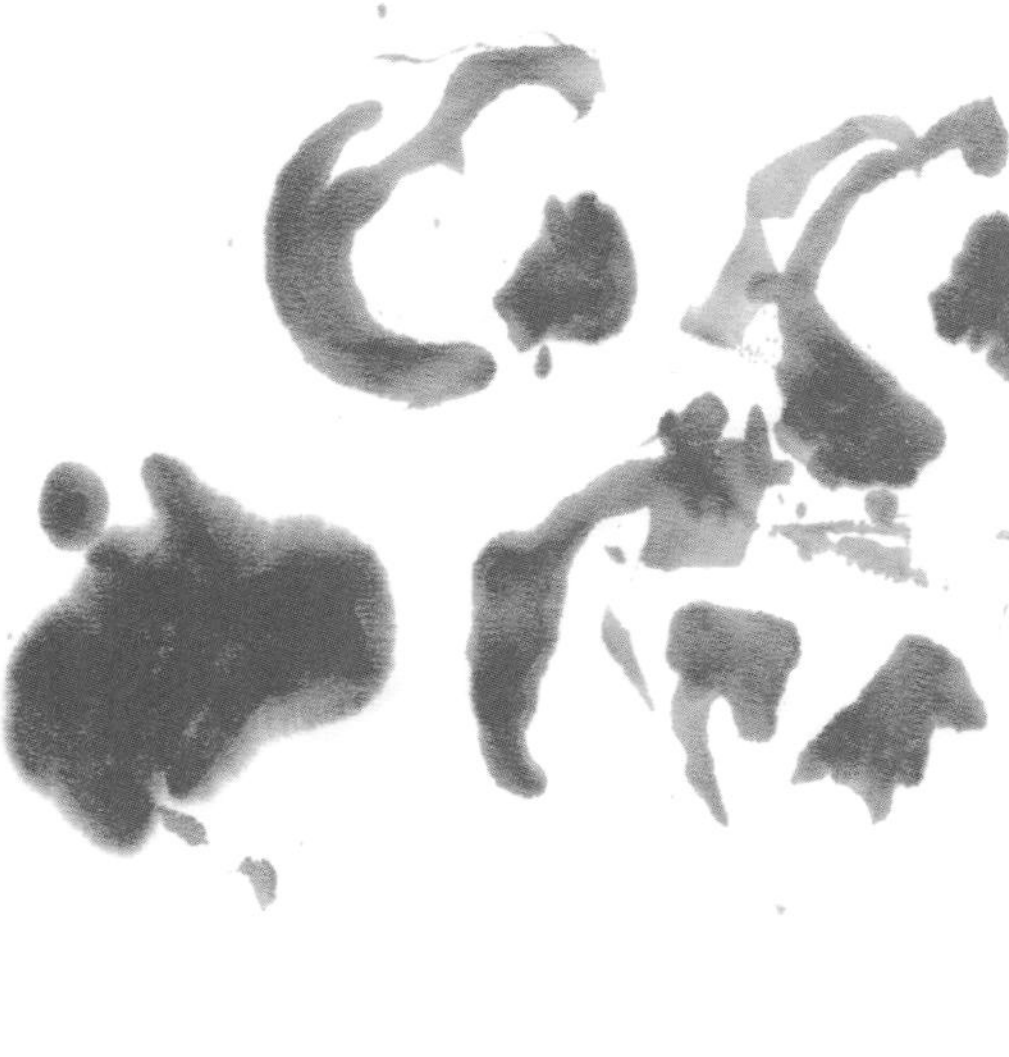

虫の声も途絶えた秋の終わり。
田舎町の夜には音がありませんでした。
音をたてるのは自分だけ。
寝返りをうつ衣擦れ。
最近、とみに絡むようになった痰のまじった咳。

ふいに、またいつもの発作が襲ってきました。
死んだら、どこへ行くんだろう――。
何十年かを生き抜いたその人の心が、
飲み、食らい、こなし続けたものが、消え去る時。

知恵も肉も、あとかたもなくなってしまう。

いつから、その恐怖がわきあがってきたのか、もう覚えていません。
気づいたときには、「そういう人間」として生きていました。

無。

何も感じない世界。

そんな幼い子が怖がるようなことが、
もう何十年も生きてきたその人にとっても、
今なお耐え難い恐怖でした。

その人は、ずっと、何かを感じる自分に救われていたのです。
月がきれいだとか。
うんちが出たら、ありがとうと思うとか。
ただ歩き、何も持たず、気に入った道があったら曲がってみる。
曲がり角を曲がると、風景がふわっと変わる。
その瞬間の瑞々しさ。
そのたび、自分が、ちゃんといることを確認できました。
寒夜の中で、その人は、自分の体を抱えます。
無音がこわい。

引きずり込まれる。
叫び声をあげそうになって、奥歯をぎりりと噛みしめます。
闇はとめどなく押し寄せて、
かたちのない不安を、かたちのある化け物の姿に変えるのです。

その時でした。

ぴゅっと音がしました。
あさりが、水を吐いていたのです。
かちかちと殻がこすれる音がして、
ぴゅっ、ぴゅっ、
と生きている音がしました。

それは、光る息でした。

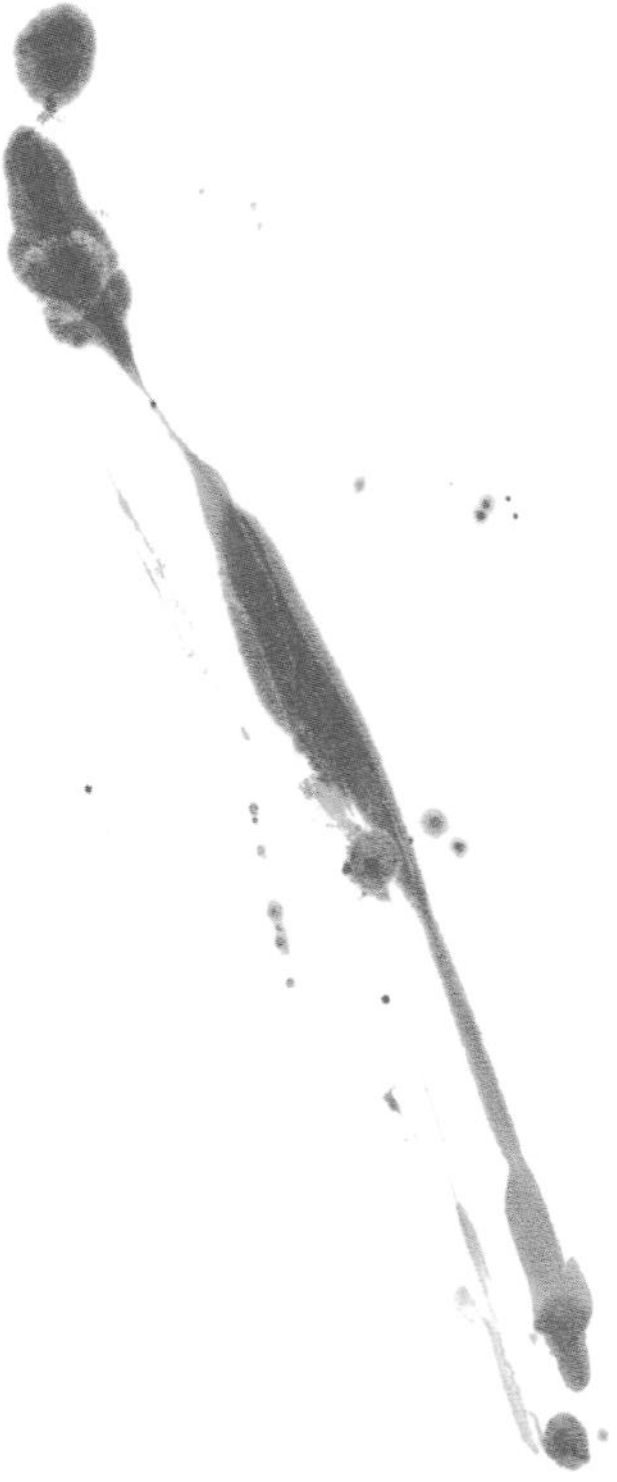

覗き込みたい衝動を抑えて、その人は、目を閉じました。
闇の中で、ぴゅっ、ぴゅっ、とあさりの歌が聞こえます。
幻の光は、手加減もなく、ためらいもなく、
いたるところから降り注いできました。

両目は閉じたまま、痩せ衰えた手を胸におきます。
生の声をたぐりよせるように。

すう、と息を呑みました。
伴侶を亡くして何年かぶりの、独りじゃない夜でした。

朝がきました。

お味噌汁を作ろうと、その人は鍋を火にかけました。
鰹節でだしをとって、あさりを入れなければいけなくなったとき、
たらいを覗いてその手は止まりました。

元気よく水を吐く命のふき溜まり。
寄り添う魂。
聞こえてくる心。
その人は、だしの中に味噌だけといて、
ごはんにかけて食べました。

そうして、翌日も、その翌日も、具なしの味噌汁を飲みました。

自分以外の生きている存在と、同じ空間でする食事は、
その人の中にいじらしい明かりをともしました。

関わらなければ、この愛らしさを知るすべはありませんでした。
この親しさはわきませんでした。
この甘い思いや、安らかな幸福もまた。

生きているものに囲まれて、
その人は、生き残りの日々を過ごしました。

それでも、別れは、朝焼けのもと、訪れました。

水を吐くあさりたちの中に、一匹、だらりと水管をのばして、たらいで息絶えていたのです。


その人は、くたばったあさりを震える手でつまみました。

ざらざらで、ぬれていて、どこまでも沈黙していて、悲しみのような疲労の中にありました。

堰を切ったように、その人はぼたぼたと涙をこぼしました。

死んだ――。
昨日まで生きていたのに――。
今は、死んでいる――。

突然、自分の体がばらばらに分解されたように感じました。
その人は、自分を責めました。
どうして、ちゃんと見守っていなかったのか。
思えば、伴侶のときもそうだった、と。

その人は、一日中泣きぬれて、泣きぬれて、
最後にあさりのお墓を庭に作りました。
掘った穴に死んだあさりを埋め、盛り土をし、
割り箸で作った十字架を立てます。
夕日が差し、十字の影が、長く縁側まで伸びました。

そして、それから、どうしようもない時以外は、
まだ生きているあさりたちの前から離れなくなりました。
ずっと、たらいを覗き込み、身動きひとつしない。
その姿は、大きなあさりが、貝を閉じてうずくまっているようでした。
それでも、あさりは、一匹、また一匹と、死んでいきました。

その人は、お墓を作りました。
毎日、毎日、どんどん十字架は増えていく――。
死んでいる世界にとりかこまれて、
あちら側という海に、その人は少しずつ埋もれていきました。

一度眠ってから、夜更けに目覚めて蛇口をひねることが、
その人にはありました。
コップ一杯の水道水を喉に流し込み、たらいを見下ろします。
ぴゅっ、ぴゅっ。
身構えます。
自分の命より、彼らの命が、未来に向かってあればいいのに。
いや、命の息遣いに、自分が誰より、鈍くいれればよかったのに。

生の流れ。
死の流れ。
最初の悲しみは薄れないまま、その人は、繰り返し、お墓を作りました。
それは、せつない作業でした。

寂しさ、孤独、絶望。
それまでは、
感じることをずっと
求めていたその人は、
はじめて、
感じることを
つらいと思いました。

朝、目覚めるたび、一匹、また一匹と
失われていく命と出会うことが、
苦しくてたまりませんでした。
たらいの中には、
もう数匹のあさりしか残っていません。
十字架の数ばかりが増えていきます。

張り裂けそうな心のまま、
一日中、縁側に置き換えたたらいを凝視し、
時間だけが過ぎていきました。

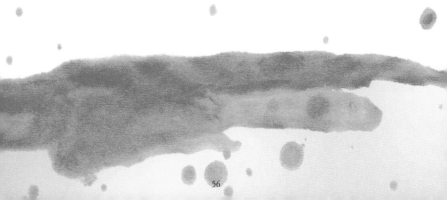

ふと気づくと、十字架の向こうの空が、驚くほど赤く染まっていました。
からすが、一羽、二羽と、空のかなたにゆくのが見えました。
その人は思いました。

みんな、おんなじところへ行くのだなあ。
決まりごとのように行くのだなあ。
あさりたちもいるのだろうか。

気づけば、涙が流れていました。
ぽろぽろぽろ。
ぽろぽろぽろ。

ぬぐっても、ぬぐっても、止まりません。
十字の影は、
その人の体のあちこちに、まだら模様の祈りを降り注がせます。

おんなじところへゆくのだなあ。

まるで言い聞かせるように、その人は、すっくと立ち上がり、
物置にあったシャベルを持ち出して大きな穴を掘りはじめました。

足で、ぐっと土に力を入れます。
ぐっ、ぐっ。
ざっ、ざっ。
庭一面の朽ちた葉を踏みしめて。
空は茜色になまめいて、遠くへ溶けていきました。
手のひらを透かして、生と死のあわいにシャベルを入れます。

あせた皮膚の色。
毛のからまり。
歯にはさまった米粒の感触。
指でつぶした鉛筆の芯。
そして、今、よろけながら掘る土の音。

深いトンネルを作りながら、
暗い穴がふいに崩れてきらりと差しこむ光の中に、永遠があるのだと。

人ひとり入るほどの大きな穴の前、
その人は、枯れ枝で十字架を立てました。
あさりたちのお墓の間に。
深い深い、穴。
無となる、穴。
いつかここに入った時、あさりの歌が聞こえるでしょう。

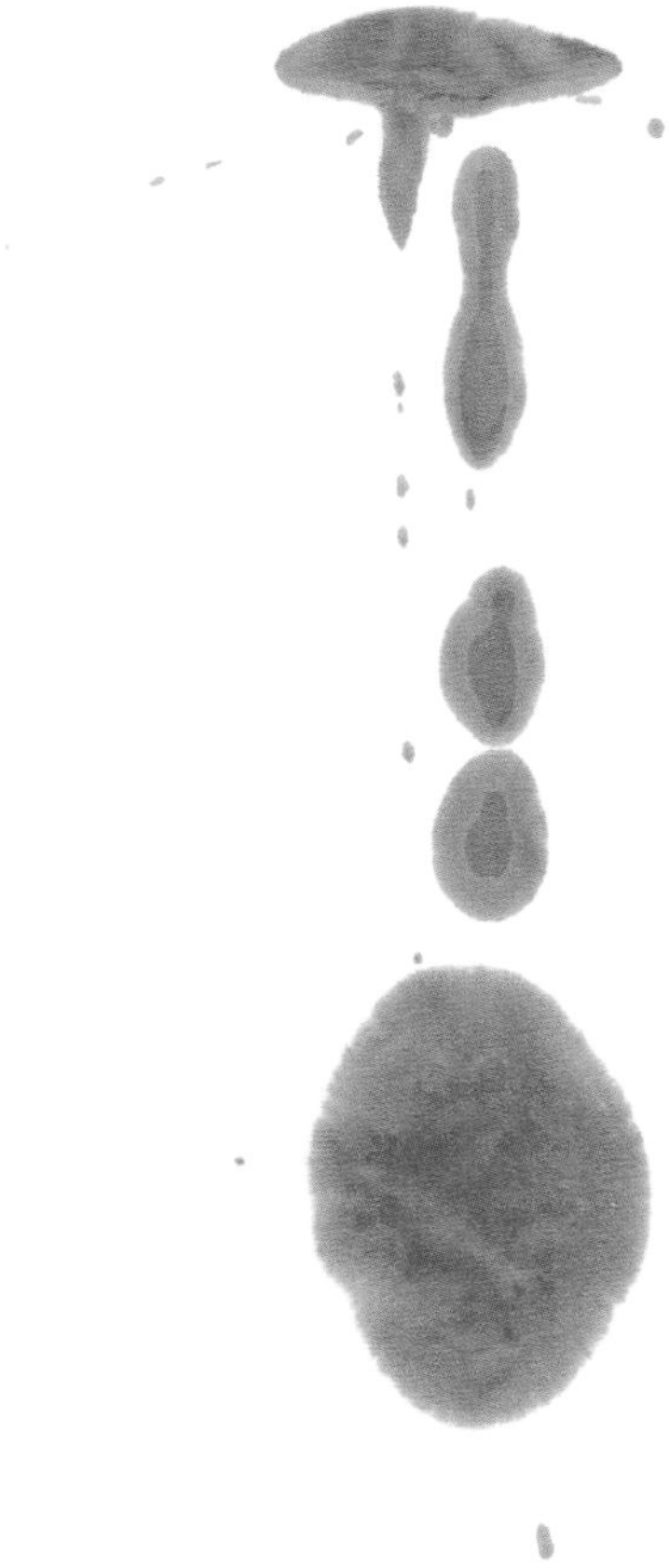

さようならのほとり

—— なぜ愛するのか

いとしい人は、カビの生えたパンになって、帰ってきました。

空もまだ白い静かな朝でした。


「あたらしいパン屋ができたんだってね」

「たまには朝に焼きたてのパンもいいよね」

言いだしたのがどちらだったのか、もう彼女は覚えていません。

火葬を終えて、一晩眠り、台所へ下りてくると、
そこには、車にはねられてもなお、
手から離さなかった彼のパンがありました。

白くまだら模様に飛び散ったカビ。
これを食べたら、自分もおなかを壊して、あとを追えるかな――。
考えて、すぐにくだらないことだと、泣き笑いの表情になります。

彼女は、ほうじ茶を入れ、縁側から風にたなびく洗濯物を眺めました。
あの日から、取りこめていないまま。
いとしい人のそれも、彼女のそれに混じって揺れています。

すずめが目の前を横切りました。
まるで、はやく片づけろと急かすように。

彼女は、白い息を吐き立ち上がると、庭の物干しざおに手をかけます。
これは、自分のブラウス。
これは、あの人のトレーナー。
これは、自分のエプロン。
これは、あの人のくつした。

もうお日さまのにおいのしないそれらを両手で抱え、
縁側まで運ぶと、彼女は朝焼けの中、しんしんと畳みはじめました。

光がはじけ、あたりに散らばって、
ひとつの動作の種の中で、物語が終わりを待っていました。
部屋に戻り、彼女は洗濯物を、ふたりの箪笥にしまっていきます。

トレーナーは上の段。
シャツは中央の段。
ネクタイなんて他人行儀なものをつける人ではなかったから、
せめてものおしゃれが、量販店で買ったセーター。

まるで、何も日々は変わらないようにその所作を繰り返していたとき、
ふいに、彼女はいとしい人の赤いくつしたに目をやりました。
クリスマス。
彼女がプレゼントしたふかふかの室内履きのくつした。
ちょっと値段がはったけど、そのことを秘密にしていたら、
あの人はたいそう気に入って毎日履いて、
あとで値段をばらして、大切に履かなかったことを悔やんでいました。

彼女は、ふと、そのくつしたを履いてみました。
小柄な彼女の足には、ぶらさがるほど大きくて、だけど暖かくて。
冷え性の足を、揉んでくれたあの人を思いだします。

かけがえのない、という言葉を思います。
欠けても、掛けかえることができない。

いとしい人は、彼女にとって、そんな切実な存在でした。

それでも、人は、優しいふりして、
その気持ちすら切り捨てようとします。

「結婚する前でよかったわね」

「まだ若いからやり直せるわよ」

「これからも出会いはあるから、元気出して」

彼女は、胸ぐらを掴みたくなる気持ちをぐっとこらえます。

ハイソウデスネ、と、こわいくらいにこにこと、
親戚や近所の人を見わたしました。

お葬式の日でした。
仏間から、もう花のない庭が見わたされ、
その中にカタバミの小さな葉が揺れていました。

細い茎の先の黄色いつぼみが、先なるものとなって、
消えていくいとしい人を見送っています。

いくつもの曲線が交わっていました。
この曲線は、出会った頃の喜び。
この曲線は、ケンカした日のさみしさ。
この曲線は、お通夜で交わされた親戚たちの近所づきあいの愚痴。
この曲線は、火葬場で踏みつけられた虫の死骸。

彼女は、悲しくなって、誰もが帰ったあとに、ひとり泣きました。
だって、無関係なものが、あまりにも混じりすぎている。
これじゃ、ゴミ収集所みたいだ、と。

彼女は、カビの生えたパンに訊きました。

どうして、あの人は、いなくなったの？

パンは、答えます。

「わからない」

彼女はなお訊きます。

なぜ、あの人だけが、いないの？

パンは、答えます。

「なんでだろう」

いつになったら、悲しくなくなるの？

「いつだろう」

どうして、みんな、生きているの？

「どうしてだろう」

パンも弱り果て、
しだいに返事をしてくれなくなりました。

時をのりこえる風の目――。
その向こうに、もう一度、希望を見つけるまで。

足元のカタバミの緑が風にそよぎ、
彼女はそれを、いとしい人の歌だと思います。
あの人は死んでも、彼女は死んではいない。
動く。
まだ生き続ける可能性を、だけど、音楽と呼ぶには疲れすぎました。

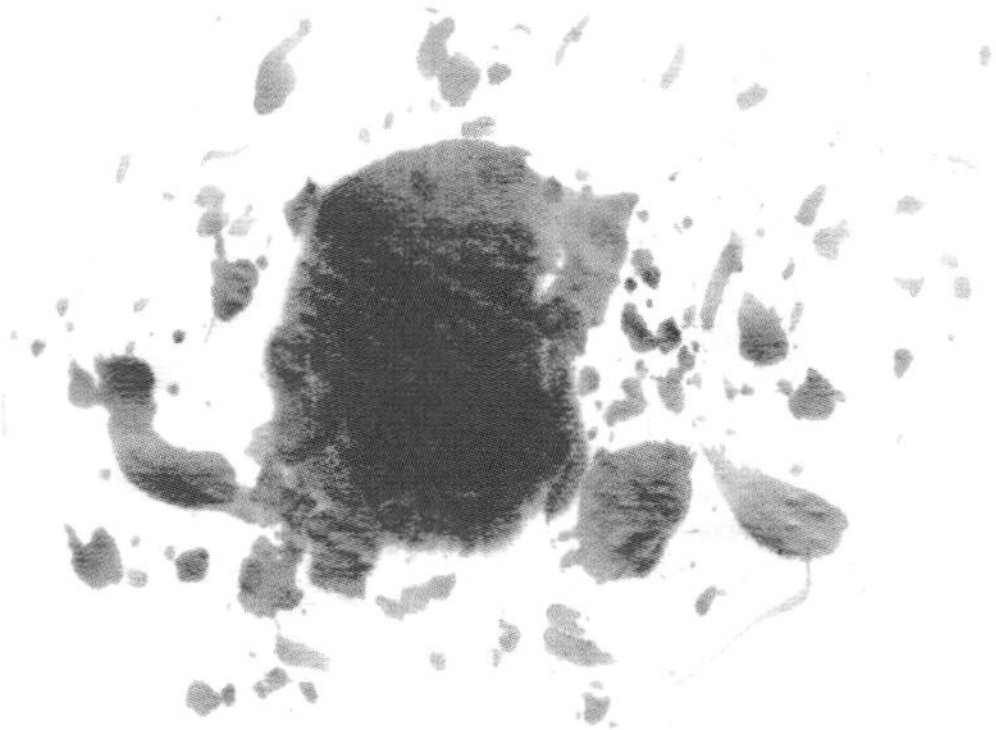

翌朝は、とても冷えた日でした。
いつもの部屋着に着替えようとして、
彼女はふと、箪笥にあるいとしい人のトレーナーをみつけました。
袖を通します。
洗剤で洗ったはずのそれは、だけど、ほんのりあの人のにおいがしました。
遊び疲れた子犬と、雨だれの混ざったにおい。
彼女は、そうっと、あの人のズボンに足を通しました。
だぼだぼだったから、ベルトで強く留めました。
重くて、長くて、一歩踏み出すたび、
けっつまずきそうになってもよかったのです。
翌日も、その翌日も、彼女はいとしい人の服を着ました。
トレーナーの上にはセーターを。

買い物に行く時には、その上にどってりとした濃紺のコートを羽織って。
さながら、その姿はずんぐりむっくりのだるまでした。
男物の傘を差すと、男性が体をまるめて、小さく歩いているようでした。

春が来て、庭に色とりどりの花が咲きはじめても。
鳥が、物干しざおで歌うようになっても。
彼女は、いとしい人の服を脱ごうとしませんでした。
くつしたは、何足も重ね。
部屋の中なのに、コートに帽子までかぶり。
いとしい人に囲まれて、彼女は、ずっと永遠の光のそばにいました。

ほうれん草の胡麻和えを食べながら、
彼女は自分の中にいるいとしい人に話しかけます。

「おいしいね」

「あなた、これ、好きだったよね」

「もうすぐ新じゃがも安くなるから、明日はツナと炒めようね」

「ツナ、好きじゃない？」

「でも、私が好きだから、がまんしてね」

買い物の最中でも、つぶやきました。

最初は同情していた町の人たちも、
変な物でも扱うように彼女を見るようになりました。
「だるまだ！　だるまが出た！」

子どもたちが、無邪気に笑って石を投げつけます。

だけど、彼女は痛くありません。

だって、あの人が、守ってくれているから。


母にも言われました。

「この家に住んでいるのがいけないんじゃないの？」

「こんな広い家、ひとりでは持て余すでしょう？」

「うちに帰ってきなさいよ」

母のワンピースは菫色でした。

彼女は、濃紺のコートに身を包み、額から汗をしたたらせました。

それは、彼女の涙のようでもありました。

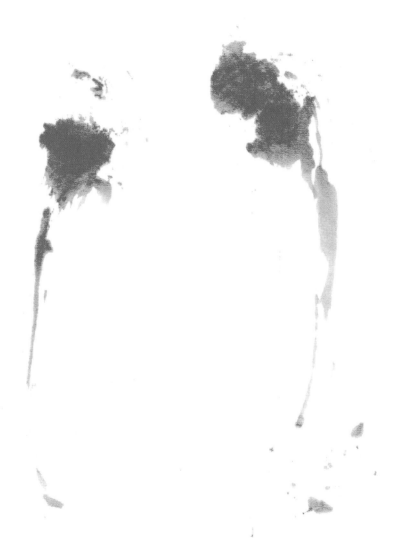

あるとき、大家さんが家賃を受け取りにやってきました。
もう初老の大家さんは、その日は、腰の曲がったおばあさんも一緒でした。

気にかける彼女に、説明するように大家さんは言います。
「認知症が進んでしまってね。家においておけないんです」
おばあさんは、抱っこひもを体に巻き、
そこに手製の人形をいくつも抱いていました。
不思議そうに彼女が見ると、大家さんが付け加えます。
「この歳になると、友だちもみんな死んでいくから。
そのたび、作るんです。寂しくないように」

そうですか、と彼女は家賃を支払い、ふたりを見送ろうとしました。

そのとき、おばあさんが言いました。

「さようなら」

ふいに、彼女の胸が、ぎゅうと摑まれます。
気がつくと、彼女は涙を流していました。
驚く大家さんに、彼女はこぼしました。

「すみません。その言葉、まだ痛くて。
さようならって、まだ、私、言えなくて」
すると、おばあさんは、子どもにそうするように、彼女の頭をなでました。
彼女の頭に天使の輪がまといます。
大家さんは伝えます。

「さようならって、〈さようならば〉という意味だそうです。
さようならと言って別れるとき、
さようならばしかたない、と昔の人は思ったそうですよ」

大家さんとおばあさんを見送ると、
彼女は、もう一度、さっきの言葉をつぶやきました。

それは、いとしい人を亡くしてはじめて出会った、
はきちがえられない救いでした。

部屋に戻って、彼女は着ている服をすべて脱ぎました。
裸のまま、洗濯機をごおんごおんと回し、
山のような服を、庭へと持っていきました。

カナブンが、飛んでいます。
ぶんぶんと、はかない命の智慧が、思い切り大空を滑空します。
気がつけば、季節はいつの間にか巡り、
まだつぼみのあじさいが、ほほえみをよみがえらせています。

もう影のないいとしい人は、
あの日の命とともに薄れ、消えてしまいました。
今、あの人にくまどられながら、じっとその日をみつめていると、目が痛くなって、急に周りが広くなります。

近いものは遠くなる。
彼女の中にあの人がいるのか、あの人の中に彼女がいるのか、
もう分からない——。

彼女は、いとしい人の洗濯物を干しました。
正午の柿の木は、上へ上へとのびていきます。
よれよれのトレーナー。
毛玉だらけのセーター。
くたびれたコート。
穴の開いたくつした。

天と地がさかさまになったように、それらは空へとたなびきました。
涙だけが、重力に従順に、足元にぼたぼたと落ちました。

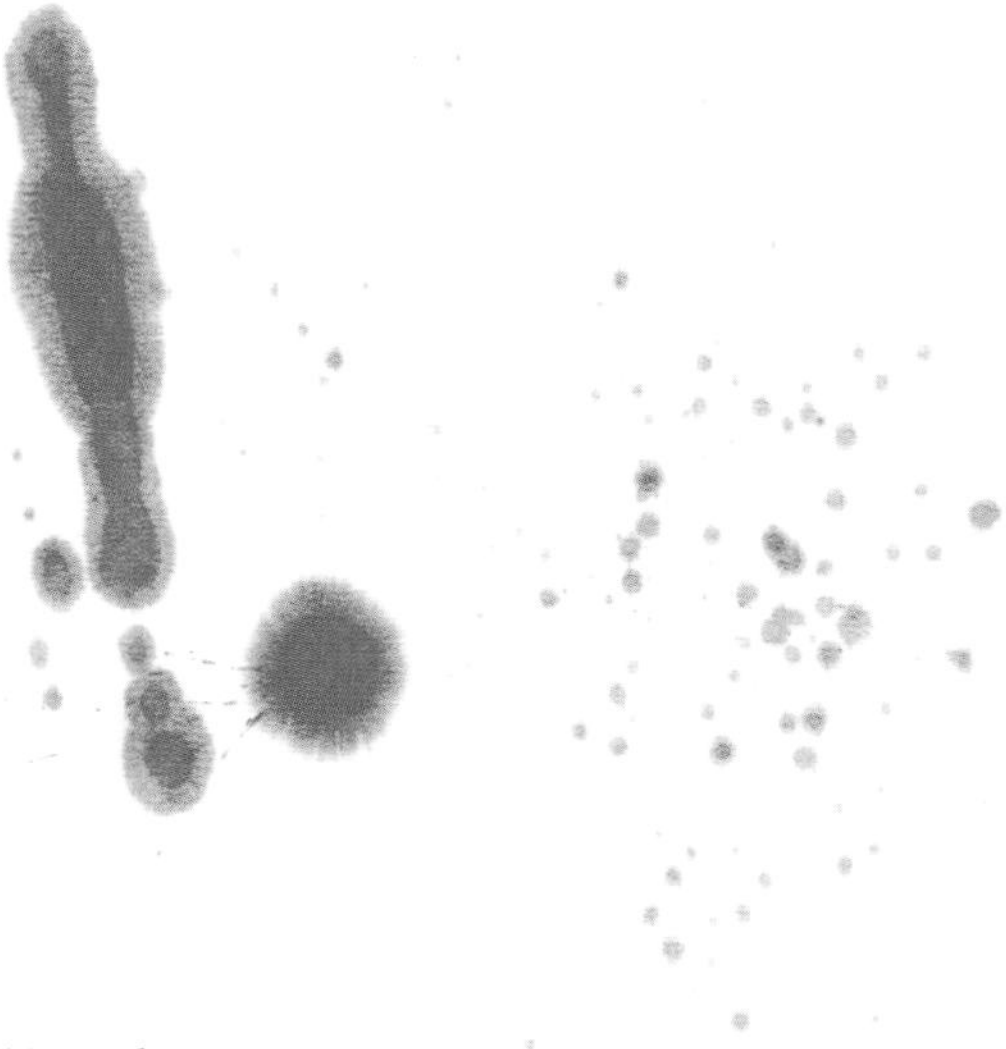

いつになったら、悲しくなくなるの？

彼女は、もう形のなくなったパンを冷凍庫から取り出し、訊きました。

「わからない」

パンは、答えます。


さようならば、と、彼女は空を見ます。


わかるまで、生きていこう。

愛したままで、生きていこう。

ふたりで生きたこの場所に、
花は舞い、鳥は歌い、虫は甘いものを運びます。
繰り返し、繰り返し。
彼女が、命をなくすまで、気が遠くなるほどいとしく――。

えいえんのほとり

── なぜ自分は自分なのか

小さな足が、こつんと、わきばらにぶつかりました。
それは角張った石のわきばら。
まだ、小虫ほどの心も宿っていませんでした。

蹴飛ばされて、石は川に落ちました。
右に、左に、流れます。

ぽつぽつとあわがたちました。
あわは揺れながら、光って、なめらかな天井にのぼっていきます。
その中で、石は、頭といわず、お尻といわず、
他の石に打ちつけられました。

そうしているうちに、石は、意思をもちました。
あの足のように、自分の思いで生きてみたい。流されることなく。

にわかに目の前が明るくなり、
空のまばゆい光は、夢のように水の中に降ってきました。
石は削りとられます。
そして、ぱかん、と割れました。

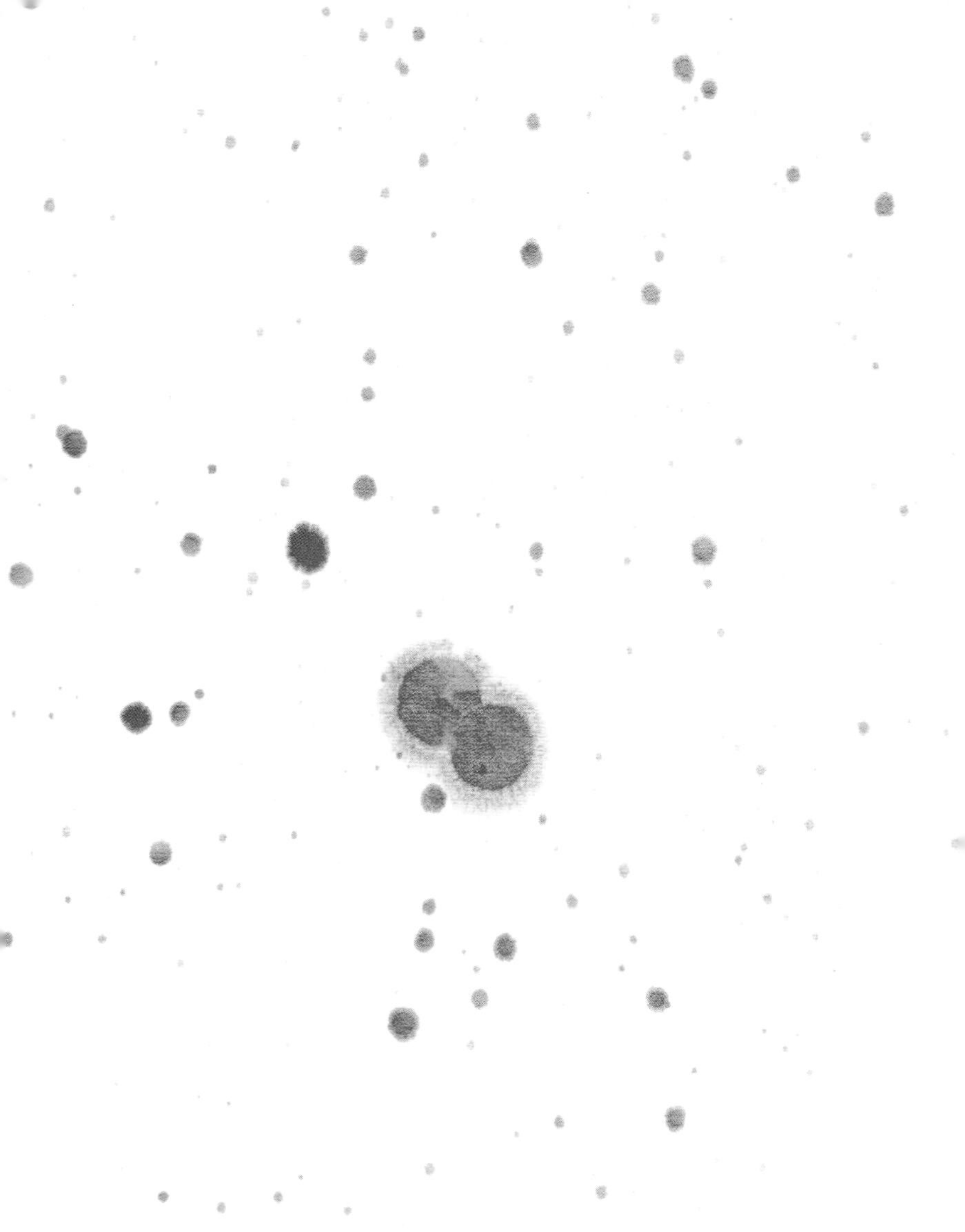

生白い手首に擦った痕――。
その命は、女の子のかたちをしていました。
カーテンを半開きにした六畳間で、
女の子は無防備に体を投げ出し、ベッドに沈みます。
とんとんという雨の音だけが、彼女の寂しさを淡く包み込んでいました。
その流れに、幼いころ、
たわむれた川べりの景色をふいに思い出します。
土手の石を蹴飛ばして、遊んだ日々。こわいものも何もなく。

突然、ドアがノックされて、女の子の名を呼ぶ母の声がしました。
ごはん、
ここに、置いておくからね、

大丈夫？
病院に行ったほうが、
女の子はその声のほうへ、思わず枕を投げつけると、
息を詰め、首筋を爪で掻きむしります。爪には皮膚が張りつきました。

ただ生きることが、いつからこんなに苦しくなってしまったのか。
彼女には、もう分かりませんでした。

息をしていても、ぼこぼこと溺れるよう。
ここに存在していることを、いけないことだと思ってしまう。
ひねりつぶされる心臓。
助けて、と叫び続ける喉の奥。

まるで見えない微生物にでもなって、闇に潜っていくみたいに。
少しずつ、自分が減っていくみたいに。
女の子の心は、もう長く、迷子になっていきました。

姿見の中に、女の子は自分の体を見ました。
ぽつんと立っている、小さな島。
誰からも離れて。
ひとりの弱った鬼がそこにいました。

毎日が、ただ疲れきって、しがみつくようにうつ伏せに眠る。
女の子は、いじらしい水たまりでした。

映し出される一日の記憶に、ただ悲しくなり、首を曲げ、手足を縮める。
夢の中でもためらい、明日がくる不安におののきます。
起きては、また今日があることに、絶望のふた文字を抱えるのです。

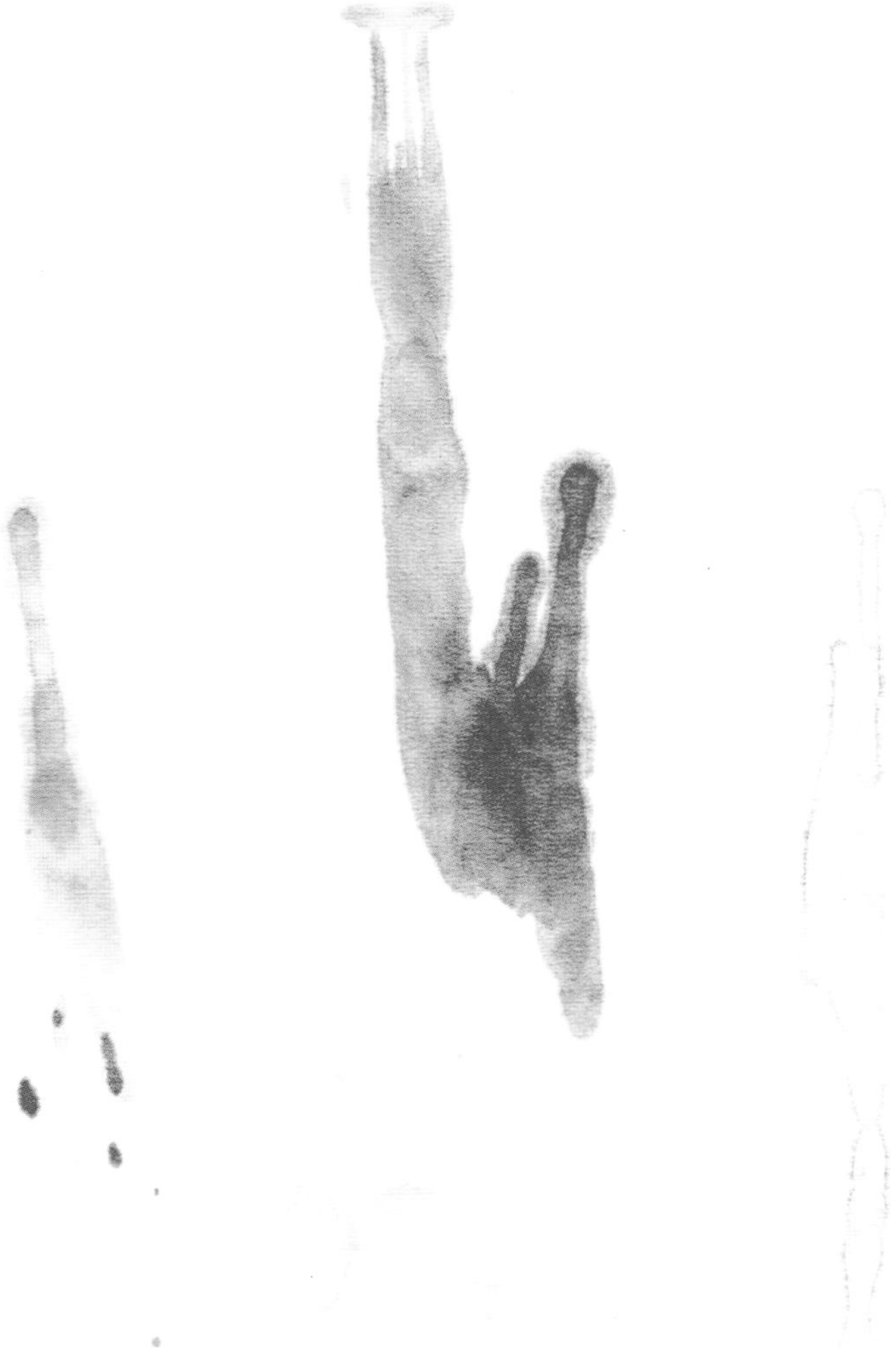

ドアを、かりかりと爪で掻く音がしました。

女の子は、耳をあて、そこに母がいないことを確かめると、そっと隙間を開けます。

すると、ひょろり、と飼い猫が部屋に潜り込んできました。

なーお、としゃがれた声をあげ女の子のベッドに飛び乗り、自分の尾っぽを舐めました。

歳を取ったその猫は、よだれをたらし、時々咳き込み、女の子の関心をかいました。

彼女は思います。

自分が、この猫のようであればいいのに、と。

ただ生きているだけで肯定される。
食べて、寝て、甘える日々が、人から愛されるなんて。

女の子は猫を撫でました。
そして、見守ってくれる存在のいる瞬間に、
ため込んでいた毒の薬を飲みこみました。

窓の外で、まだ雨が降っていました。
思いを遺した鉛筆の字が濃く、机の上にしがみついていました。

足の裏が痛い、とその命は思いました。
歳をとり、伸びすぎてしまった爪が肉球に刺さり、血を流していたのです。
命は、猫のかたちへと魂を浮遊させました。

もうどれほどこの家の中で生活をしてきたことだろう、と考えます。
今、目の前で倒れている女の子が生まれてくる前に、
猫はもらわれてきました。
ともに眠り、起き、遊んでもらったり、食べ物を与えてもらったりしました。

ですが、あるときから、女の子はわけのわからない大声をあげて、
家の中で暴れるようになりました。
猫は驚きはしませんでした。

それが、女の子にとっての、
生きていくなかで必要な通過点だと知っていたからです。
母と父の前で、慟哭する女の子は、それでも、
猫とふたりきりのときは、我を取り戻しました。
昔のように猫のことを優しく撫で、甘い声で、
「長生き」という言葉を投げかけました。

猫は、自分の境遇を不幸だと思ったことはありませんでした。
飢えも、乾きも、寂しさもない。
夏は涼しい風を浴び、冬は温かな毛布にくるまる。
何の文句のつけようもないまま、昨日から今日へ、今日から明日へ、
命を漂わせていきました。

女の子の目の奥に焦げたものを見るようになった頃、
猫の一生にも、暗い影がかかりはじめたことを猫は悟りました。
脈拍をおしはかりながら、心臓がしずかに羽ばたきはじめます。
気を取られた隙に、ひといきに舞い上がります。
二十年も一緒だったのに、
自分の心臓が自分の心とは違う動きをするなんて信じられません。
鼓動とともに、猫の口からことばがこぼれ落ちました。
ああ、一度でいいから、
誰にも所有されない生というものを味わってみたかった――。

猫は、窓の外、羽ばたく鳥を眺めます。
風に、鳥の羽根がはらりと舞い上がりました。
掴もうとするように、猫は片手を伸ばしたまま、
柔らかなベッドに沈みました。

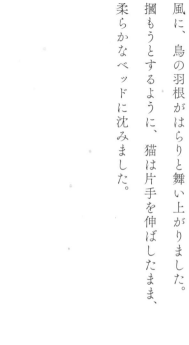

最後に虫を食べたのはいつのことか――。
あんまり長い間、さえずらなかったから、
舌はもつれ、つっかえて、はりつく痛みを感じました。
命は、鳥のかたちへと魂を浮遊させました。

鳥は、昔、歌うことが得意でした。
哲学的ですね、なんて言われながら、
息の詰まる静寂をおしゃべりに変えました。
世界を、いつも明るいものに、鳥は花を添えていました。

でも、それは春から夏にかけての昔話。
今、食べるものも失せた冬がきて、
自由なはずの羽根すら重く感じてしまうのです。

夢のない明日の上で、羽ばたくこともできず、けんけん跳びをします。
いくら跳んでも、おしゃべりしているのは、
くちばしではなく足の裏と影法師。

吹けば飛ぶような小さな体を必死で抱きかかえ、
鳥は、風から身を隠して木の枝にしがみつきます。
雪が、ほんの少し、ましになりました。

鳥は思います。
自分が、この木のようであればいいのに――。
幾年もの時代を生き、ただ立っているだけで、
日は降り注ぎ、雨は栄養になる。
命は長く、穏やかで、ゆるぎない世界の上に未来を広げていける。

鳥の目の前がくるくると回りました。
ぽたり、瞬きする間もなく、一直線に鳥は木の根元に落ちていきます。
根っこが、鳥を支えるように、張り出していました。

苔のにおいがして、たった一匹いた蟻が、鳥の口元を横断しました。
この体も、腐り、溶け、木という生命の糧となる――。

鳥はしずかにまぶたを閉じました。

丘に日が沈み、川が小刻みに流れ、
幾日も続いた吹雪が頭上で迷っていました。

春の憂鬱。
夏の倦怠。
秋の不安。
冬の困惑。

しずかに、そして容赦なく、自分をとりまくもののから、
時々、むしょうに逃げ出してしまいたいと思います。

命は、木のかたちへと魂を浮遊させました。

木は、ずっと受け身でした。
虫がのぼってきては、穴を開けられ。
散歩する犬におしっこをかけられ。
酩酊した人間に枝を折られ。
激しい雨風に、葉を散らされて。
それでも、強いと誤解されて、勝手に祀られ、
願い叶わないと手のひらを返して罵られました。

眉間にしわをよせ、木は逃げられない長い年月を生きます。
目覚めても、目覚めても、まるでなお夢の続き。
時間が過ぎていく、この日々のよそよそしさ。
生きているうつつに、さわれないで、まずしい願いを胸に抱きます。

あのお日さまのようになりたい、と。
受け身じゃない。
すべてを包みこむ。
何ものにも左右されない強さを。
そこにいるだけでいいと、肯定される存在に。
祈りにも似たぬくもりを手に。

願いむなしく、都市開発の波が、その木のある広場にも訪れました。
あたらしい世界を作るため、古くから生きた木の根元に、
重機は大きな手を潜り込ませました。
手加減も、ためらいも、なく。

明るいというものを、生まれたときから見たことはありませんでした。
真っ暗闇の宇宙で、ただ自身が、燃えあがくように光っていました。
さみしく――。
命は、太陽のかたちへと魂を浮遊させました。

星は、これ以上、近くはならない。
それでも、太陽は、いつも背伸びをしていました。
話したい。
心を分かち合いたい。
太陽は、いつも、独りでした。
孤独というものを、何十億年も抱えて生きていました。

うとうとうとうたたねをして、また目を開く。
だけど、取り囲んでいるのは、穴のような闇。
時々、星が消え、また増え、せわしなく先へ先へとめぐっていきます。
それすらも、夢の中のできごとのよう。
記憶を失い尽くして。

太陽が近づくと、星は燃えてしまいます。
だから、太陽には、誰も仲間がいません。
誰もが、距離をとり、その周りを他人顔で遠巻きに走っていました。

ある時、太陽は、地球という惑星を覗きました。

そこには、小さく、滑稽な生命体が日々を営んでいました。
言葉をしゃべりました。
歌を歌いました。
抱きしめあって、殴りあって、また忘れたように抱きしめあいました。

人間——。
彼らは、その手で、おろかにもその星を壊す戦争を繰り返しました。
命が消えていきました。
大地が滅びていきました。
それでも、隣にいる人に頬ずりをして、
また空っぽになった地表を耕し、新たな文明を築いていきます。

何十億年もが過ぎました。
太陽は、独り、重くなっていく体を抱えました。

終わりの時が近づいていました。
地球という星は、もうありませんでした。
ですが、太陽は、あの人間という生命体をたびたび思い出すのです。
あんなふうに愛しあう、せつない存在に生まれたかった——。

太陽は、光を放ち、小さな幽影となりました。

宇宙空間を漂う、小さな小さな船でした。
産声があがり、安堵のため息が宇宙船の中を満たします。
命は、人間へと魂の浮遊をはじめました。
親指くらいのかよわい手を空《くう》に伸ばし、赤ん坊は世界を掴もうとします。
音楽が鳴る揺れるおもちゃが回転していました。

母と父がおそるおそる、手をさしだします。
その母の生白い指を、赤ん坊は、たよりない全力で、きゅうと握りました。
ふいに、宇宙空間のごみが飛んできて、船にこつん、とぶつかりました。
塗装がはがれ、きらりとそれは漂ってゆきます。

「あ……う……」

赤ん坊は、そちらに向かい、じっとまなざしを捧げます。
まあるい、まあるい、どこかの星の石でした。

あなたの物語

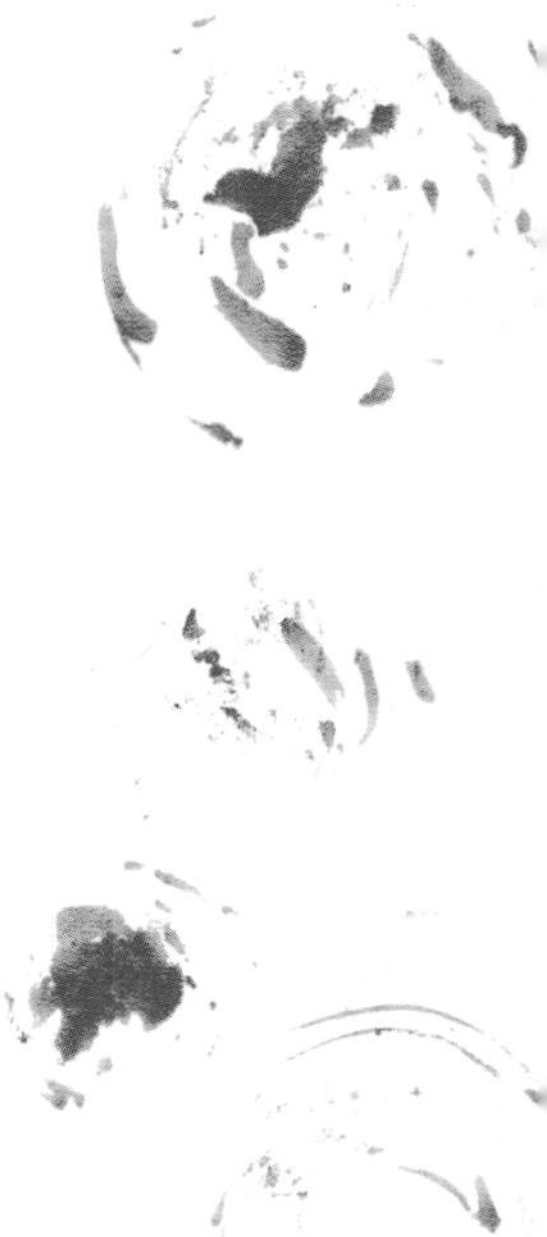

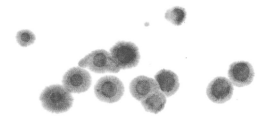

あとがき

十六歳のとき、私は生まれ育った家を飛び出しました。

学校を辞め、体を売ることで日々の食事を手にし、私は生き延びることにまっすぐでした。

なぜ生きるのか、なぜ死ぬのか、愛するのか、自分は何なのか。空腹の前でそれらは、私には持て余す問いだったのです。

ですが、やがて私が人を好きになり、ありふれた生活というものを営み、未来をみつめるようになったとき、私は後回しにしてきたそれらの謎とぶつかってしまいました。

私は、心を病みました。

分かりやすく。

自分の腕を切ったり、大切な人の命を奪おうとしたり、しました。

あとになって思います。

あのときの私に、信じられる神様がいれば。

学んできた哲学があれば。

だけど、私は何も持たず、ただ、己のミノの中でもがき、狂っていきました。


あれから月日が流れ、今、私は、ただ朝ごはんを作る時間に、喜びを感じています。

歩く道すがら、季節の花をみつけたり、いとしい大切な人と少し遠出をしたり、そんな日々の積み重ねに、心を無防備にあずけられるようになりました。

私を変えたもの。

それは、たわいもない、心の中にあるものを「書く」という行為でした。それはエッセイのこともありました。戯曲のこともありました。ノンフィクションのこともありました。小説のこともありました。そのどれもが、私を闇から解放し、世とつなげる橋渡しをしてくれたのです。

この小さな物語は、そんな私の最初に出会った問いに、不器用な私がみつけた、私なりの答えです。

命の数だけ、答えがあると思います。

だから、共感してほしいとは望みません。

ただ、こんなふうな見方をした人間もいるのだと、もしこれを読んでいるあなたが苦しんでいるのなら、知ってもらえたら少しだけ嬉しい、そう願い書きました。


生きるということを、つらいと思わない人も、この世にはいるでしょう。小さな不快感を抱えながらも、疑問を持たず、眠り、朝を迎えることができる人も。

そうであればと切実に望んでいた時期を経て、そうじゃない自分だからこそ、感じられる風や光や音楽があるのだと、のたうちまわる夜の中で、私は自分に言い聞かせます。

この本を手に取ってくださったあなたもそうなのかもしれません。

空気をほんの少しだけ吸える光と闇のあわいに身を置いているからこそ、感じ、分かち合ってもらえるのかもと思うと、私は、あなたと出会えたことを、幸運に思います。

あなたが、私と、どこか同じ痛みを抱えているかもしれないことに救われ、ひとりじゃないと感謝するのです。

もしも、あなたも、あなたの心と出会ってくださったなら……

この本には「あなたの物語」というページがあります。そこに、あなたの想いや、大切な方へのメッセージを書いていただければなと思います。


もちろん、私もまだ、答えの「途中」です。

いつか、私が、書くことすら必要じゃなくなったとき、最後の答えと出会えるのだろうと、わくわくしながら、少し寂しく思いながら、今日も永遠へと続くキーボードを打っています。

この世界が滅ぶ遠い遠い未来、ここでこうして言葉を探していた私を、太陽が思い返してくれると信じて。

咲セリ

いま、生きてくれて、ありがとう。

この本を一緒に作ってくれたみなさま

愛子
青木 智美
あかいけいいと
東 泰裕
雨水
AMO
あゆかわヒロアキ
磯部 いとよ
いぢち 理沙子
ISSEI ANNO

伊藤 綾子
イトウモモカ
itoya
イナガキシンジ
erica ici
えりんぎ
おおそねじゅんこ
太田 伸子
大村 奈津美
オカダ タカコ

狩野 徳嘉
川口 清一
神田 裕
神戸 さえ
キハラ
kimukimu
ぎゃらりぃホンダ
久保 奈穂実
熊澤 裕美子
クミコ

kumiko.ogura
くユり
栗原 敏江
K.K
剣持 貴志
小西 里奈
こみなみかずや
近藤 百恵
サーカス団長 桃
佐々木 裕
佐々木 かおり
さささわかば
さきみん
佐藤 瑞穂
重田 太郎

しましま
鈴木 寿実子
スヌちゃん
関 ゆかり
turquoiseshippo
タカコとカヨ
たこちゃん
TANZAWA GIBIER 彩夜加
知名オーディオ
中馬 さりの
Tei Kobashi
ティノ
藤間 愛
Tochiko
富永 理沙

Traveling REIKO
なかじっこファミリー
長島 祐佳子
長島 龍人
凪瀬 ユイト
namie
虹の橋
ねこばぁば
ノスリ舎
はとぴ
濵村 奈穂子
濵本 友紀
はらだやすこ
PAANEKO
B T

ひろさん
福百堂
藤島 さやか
ぽこたろ
堀 ひさこ
まい
松本 祥子
MayaForest
Mayamoon
まゆ
まゆげのままん
まり
MIU.
mikako
心咲刺繍

水口 芳隆
みちこ
みっち
みなさんのおかげさま車椅子自由人
MutsumiUmi
もうりのりこ
もっさん
もっち
山﨑 由恵
山本 勝
譲原 理沙
横森 恵子
匿名希望 9名

（あいうえお順）

「死にたい」…その言葉を、
カウンセラーでもある私は日々耳にします。
気持ちを持つことは、自然なこと。
その気持ちを否定しては、心まで死んでしまう。
どんな想いを持っていてもいい。
人より劣っていると思っていても、何もできなくても、
あなたは生きているだけでいい。
この世になくてもいい命なんてありません。
それを伝えたくて、「いのちのほとり」は、この世に
たったひとりの、さみしいあなたに向けて書きました。
そして、想いに共感する方々からクラウドファンディング
を通じてたくさんの応援をいただき、その方たちの
お名前をここに一緒に掲載し出版することができました。

あなたはひとりじゃない。
ひとりで抱えていると背負いきれない問い。
だけど、一緒に持てたら、
何かがみつかるかもしれないと信じて…。

－ この書籍は書き下ろしです。－

【文・絵】 咲 セリ Saki Seri

心の病気や死にたい気持ちを発信する、作家・カウンセラー。1979年大阪生まれ。家庭でうまく愛情を受け取れない「愛着障害」として成長し、希死念慮や摂食障害、依存症に苛まれる。数々の精神疾患名（強迫性障害、双極性障害、境界性パーソナリティ障害、不安障害、てんかん）がつき自殺未遂を繰り返していたところ、猫エイズと猫白血病を患う猫「あい」と出会い、「命は何もできなくても、生きているだけで愛おしい」と知る。その後は精神科医との共著を出すほか、全国での講演活動やカウンセラーとしての活動等、生きづらさ当事者だからこそ寄り添える方法を模索している。
主な著書に『死にたいままで生きています。』、『絆の病　境界性パーソナリティ障害の克服』、『「死にたい」の根っこには自己否定感がありました。』、『生きたい彼　死にたい私　響き合う二つの命』など多数。

いのちのほとり

2023年12月13日　初版第1刷発行

著者（文・絵）：咲 セリ
発行者：鈴木 美咲
発行所：風鯨社
[WEB] https://fugeisha.com/　[MAIL] info@fugeisha.com
編集・デザイン：風鯨社
校正：広田 いとよ
印刷・製本：株式会社シナノパブリッシングプレス

ISBN 978-4-9911568-2-3　C0092　